# 裝滿愛的空紅包袋

海德薇・文／咚東・繪

這是一個產婆的故事
也是台灣醫療走入現代化的故事

# 導讀——
## 接生婆和產婆，接住新生命的手

　　早期的台灣並沒有受過專業訓練的接生人員，產婦多半是自行在家生產，或是請「接生婆」來家裡接生。

　　在衛生觀念普及前，民眾缺乏消毒的概念，迷信嬰兒舊衣或舊床單能夠保佑新生兒健康，而用舊衣物包裹新生兒；當時能夠接生的「接生婆」們並沒有受過醫學訓練，只是偶爾從事接生副業，許多經驗和觀念並不正確，比如用麻油塗抹肚臍、甚至任意替胎位不正的產婦剪開產道，也沒有消毒觀念，往往導致抵抗力弱的新生兒和產婦感染、死亡。

　　直到 1900 年代，日本政府推動新式產婆教育和認證考試，台灣才真正有了具醫學背景的接生人員。

與傳統的接生婆不同，這些新式產婆除了需要學習從懷孕、分娩、到新生兒疾病和育兒等知識之外，也會分派至醫院病房或診所實習，增加臨床工作經驗，經過一年的講習並通過考試者，才能獲頒證書，成為正式的產婆。

比起舊式接生婆，新式產婆擁有現代醫學知識，接生時，她們會從產前開始指導產家如何準備迎接新生兒，如清洗床單和舊衣、曝曬消毒避免感染，替產婦矯正胎位、計算預產期，有些產婆還會教導產婦如何照顧新生兒，並替新生兒洗澡、清理臍帶和口腔、縫合和照顧產婦的傷口等。

產婆的專業技術，成功降低了新生兒和產婦的死亡率。然而，接生是需要錢的，有些付不起錢的產婦還是冒著危險在家生產，用生鏽的舊剪刀剪臍帶、難產時找道士祈福，往往造成悲劇。

這個故事，就是在這樣的背景下開始的……

# 角色介紹

### 承承的媽媽

30 歲，勤儉的主婦，常常煩惱收成和家計。

### 承承的爸爸

36 歲，辛苦的農夫，十分擔心即將生產的妻子。

### 幸子

9 歲，從小和承承一起長大的玩伴，多愁善感、愛哭。阿母已經不在，個性早熟，總是包辦所有家事。

### 承承

8 歲，活潑純樸的小男孩。阿爸是農人、阿母是主婦。不過，活潑的他，最近好像有心事。

## 阮老師

33 歲，公學校的老師。外表嚴肅、內在熱情，非常關心學生。

新港，曾經真的有這一位阮老師……

### 「阮老師」阮位

1904 年出生，嘉義新港人，在新巷公學校擔任老師，許多學生後來成為知名人士，如政治家林金生、新港名醫洪宗光等人。

後來，阮位改從事銀行業，在合作金庫任職。他經常協助不識字的漁民，放貸款給他們購買漁船、蚵棚等等重要的生財設備，讓貧窮的漁民能夠維持生計。

## 阿桂

32 歲，阮老師的妻子。個性溫暖，接受新式產婆教育，總是風雨無阻的為產婦接生。

過去的新港，有超過一半的嬰兒，經由阿桂的雙手來到世界上……

### 「產婆桂仔」鄭秀

1905 年出生，嘉義新港人。22 歲畢業於產婆講習所並取得執照，開始執業。新港有上萬個生命由她接生。

她熱心慈愛，經常半夜拎著生產包出門替產婦接生，知道媽媽們大多不清楚如何護理嬰兒臍帶，還會特地在接生後替嬰兒洗澡，直到臍帶掉落。這些體貼源自於她的過去：她第一個寶寶，因為接生者訓練不足夭折。她清楚窮人家的辛苦，接生往往不收錢，只收空紅包袋當謝禮。

承承就讀公學校一年級，公學校
是日本政府設立給漢人小朋友念
的學校。
台上的阮老師正在教大家日本字，
承承的心卻飛出了教室，穿過大
街、越過小橋，飛向樹林另一邊
的家裡。

因為，阿母馬上要生寶寶啦！

自ㄗ從ㄘㄥ阿ㄚ母ㄇㄨ懷ㄏㄨㄞ孕ㄩㄣ， 承ㄔㄥ承ㄔㄥ每ㄇㄟ天ㄊㄧㄢ期ㄑㄧ待ㄉㄞ寶ㄅㄠ
寶ㄅㄠ出ㄔㄨ生ㄕㄥ。 他ㄊㄚ摘ㄓㄞ來ㄌㄞ竹ㄓㄨ葉ㄧㄝ， 摺ㄓㄜ出ㄔㄨ小ㄒㄧㄠ馬ㄇㄚ
和ㄏㄢ小ㄒㄧㄠ球ㄑㄧㄡ， 又ㄧㄡ折ㄓㄜ斷ㄉㄨㄢ竹ㄓㄨ枝ㄓ做ㄗㄨㄛ成ㄔㄥ竹ㄓㄨ蜻ㄑㄧㄥ蜓ㄊㄧㄥ，
要ㄧㄠ送ㄙㄨㄥ給ㄍㄟ寶ㄅㄠ寶ㄅㄠ當ㄉㄤ玩ㄨㄢ具ㄐㄩ。

等ㄥˇ寶ㄅㄠˇ寶ㄅㄠˇ長ㄓㄤˇ大ㄉㄚˋ， 承ㄔㄥˊ承ㄔㄥˊ要ㄧㄠˋ帶ㄉㄞˋ他ㄊㄚ去ㄑㄩˋ山ㄕㄢ上ㄕㄤˋ抓ㄓㄨㄚ蝴ㄏㄨˊ蝶ㄉㄧㄝˊ、 去ㄑㄩˋ溪ㄒㄧ裡ㄌㄧˇ摸ㄇㄛ蜆ㄒㄧㄢˇ仔ㄗˇ， 還ㄏㄞˊ要ㄧㄠˋ去ㄑㄩˋ阿ㄚ爸ㄅㄚˋ的ㄉㄜ˙田ㄊㄧㄢˊ裡ㄌㄧˇ幫ㄅㄤ忙ㄇㄤˊ。

幾年前，阿母的肚子大起來又消下去，沒有生下寶寶，反而像生了場病，在床上躺了整整兩天才起來。

阿爸說，阿母身體太虛弱，寶寶離開了，所以要多補充營養。

阿母說，寶寶沒有離開，只是躲起來，跟我們玩捉迷藏呢！

喔ㄛ！
淘ㄊㄠˊ氣ㄑㄧˋ的ㄉㄜ˙寶ㄅㄠˇ寶ㄅㄠˇ。

下課時間到了！

這次一定要趕在寶寶躲起來前找到他！承承想得太專心，連心愛的娃娃掉到地上了也沒發現。

「等等啊！」阮老師撿起娃娃還
給承承，還來不及問他怎麼了，
承承又一溜煙的跑掉。

跑ㄆㄠˇ啊ㄚ˙跑ㄆㄠˇ， 承ㄔㄥˊ承ㄔㄥˊ一ㄧˋ路ㄌㄨˋ衝ㄔㄨㄥ到ㄉㄠˋ家ㄐㄧㄚ門ㄇㄣˊ口ㄎㄡˇ，
看ㄎㄢˋ阿ㄚ母ㄇㄨˇ的ㄉㄜ˙肚ㄉㄨˋ子ㄗ˙還ㄏㄞˊ是ㄕˋ大ㄉㄚˋ得ㄉㄜ˙像ㄒㄧㄤˋ西ㄒㄧ瓜ㄍㄨㄚ，
這ㄓㄜˋ才ㄘㄞˊ鬆ㄙㄨㄥ了ㄌㄜ˙口ㄎㄡˇ氣ㄑㄧˋ。

才剛進門，承承聽見阿爸、阿母愁眉苦臉的在說悄悄話。

阿母說：「今年收成不好，請產婆得要包紅包，還是自己接生吧。」

阿爸說：
「不行！日子再苦也不能省這筆錢，難道要承承跟幸子一樣嗎？」

承承不明白， 跟幸子一樣
有什麼不好？

承承沒有兄弟姊妹，
唯一的玩伴是鄰居幸子。

幸子的阿爸常常不在家，養雞、洗衣、打掃還有針線活，

全靠幸子一個人完成！多厲害啊！

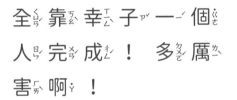

阿母也誇幸子能幹，炊粿的時候總是多炊幾個，讓承承帶去給幸子，趁機跟幸子多學一學。

不ㄅㄨˊ過ㄍㄨㄛˋ，幸ㄒㄧㄥˋ子ㄗˇ有ㄧㄡˇ個ㄍㄜˋ愛ㄞˋ哭ㄎㄨ的ㄉㄜ˙毛ㄇㄠˊ病ㄅㄧㄥˋ。

「幸ㄒㄧㄥˋ子ㄗˇ？」

承ㄔㄥˊ承ㄔㄥˊ發ㄈㄚ現ㄒㄧㄢˋ幸ㄒㄧㄥˋ子ㄗˇ又ㄧㄡˋ躲ㄉㄨㄛˇ在ㄗㄞˋ角ㄐㄧㄠˇ落ㄌㄨㄛˋ哭ㄎㄨ了ㄌㄜ˙，

「怎ㄗㄣˇ麼ㄇㄜ˙啦ㄌㄚ˙？」

幸子說：「我不希望你阿母生寶寶。」
「為什麼呢？有了寶寶，我還是會來找妳玩呀！」承承說。
「我怕你跟我一樣，變成孤兒。」幸子摟著她的娃娃說。

後山的公墓，一座大墳旁挨著一座小墳。

幸子的阿母生產的時候，因為沒錢請產婆，自己拿生鏽的鐵剪刀剪斷臍帶，結果母嬰都得了敗血症。

後ㄏㄡˋ來ㄌㄞˊ， 承ㄔㄥˊ承ㄔㄥˊ的ㄉㄜ˙阿ㄚ母ㄇㄨˇ就ㄐㄧㄡˋ幫ㄅㄤ兩ㄌㄧㄤˇ人ㄖㄣˊ各ㄍㄜˋ做ㄗㄨㄛˋ了ㄌㄜ˙一ㄧˊ個ㄍㄜˋ娃ㄨㄚˊ娃ㄨㄚˊ， 隨ㄙㄨㄟˊ時ㄕˊ陪ㄆㄟˊ伴ㄅㄢˋ他ㄊㄚ們ㄇㄣ˙， 希ㄒㄧ望ㄨㄤˋ他ㄊㄚ們ㄇㄣ˙不ㄅㄨˊ再ㄗㄞˋ感ㄍㄢˇ覺ㄐㄩㄝˊ寂ㄐㄧˋ寞ㄇㄛˋ。

這天傍晚，阿爸對承承說：「我要去隔壁鎮賺錢，好好照顧阿母，等我回來。」

阿ㄚ爸ㄅㄚ出ㄔㄨ發ㄈㄚ沒ㄇㄟ多ㄉㄨㄛ久ㄐㄧㄡ，阿ㄚ母ㄇㄨ就ㄐㄧㄡ開ㄎㄞ始ㄕ陣ㄓㄣ痛ㄊㄨㄥ，她ㄊㄚ躺ㄊㄤ在ㄗㄞ床ㄔㄨㄤ上ㄕㄤ不ㄅㄨ停ㄊㄧㄥ冒ㄇㄠ冷ㄌㄥ汗ㄏㄢ，把ㄅㄚ承ㄔㄥ承ㄔㄥ嚇ㄒㄧㄚ壞ㄏㄨㄞ了ㄌㄜ。

「怎ㄗㄣ麼ㄇㄜ辦ㄅㄢ？」承ㄔㄥ承ㄔㄥ掉ㄉㄧㄠ下ㄒㄧㄚ眼ㄧㄢ淚ㄌㄟ。阿ㄚ母ㄇㄨ呻ㄕㄣ吟ㄧㄣ：「給ㄍㄟ我ㄨㄛ一ㄧ把ㄅㄚ剪ㄐㄧㄢ刀ㄉㄠ、一ㄧ些ㄒㄧㄝ胡ㄏㄨ麻ㄇㄚ油ㄧㄡ就ㄐㄧㄡ行ㄒㄧㄥ了ㄌㄜ。」

「不(ㄅㄨˋ)行(ㄒㄧㄥˊ)！」

幸(ㄒㄧㄥˋ)子(ㄗˇ)站(ㄓㄢˋ)在(ㄗㄞˋ)門(ㄇㄣˊ)口(ㄎㄡˇ)大(ㄉㄚˋ)喊(ㄏㄢˇ)：「要(ㄧㄠˋ)找(ㄓㄠˇ)產(ㄔㄢˇ)婆(ㄆㄛˊ)！」

幸(ㄒㄧㄥˋ)子(ㄗˇ)拉(ㄌㄚ)著(ㄓㄜ˙)承(ㄔㄥˊ)承(ㄔㄥˊ)的(ㄉㄜ˙)手(ㄕㄡˇ)往(ㄨㄤˇ)市(ㄕˋ)區(ㄑㄩ)跑(ㄆㄠˇ)，兩(ㄌㄧㄤˇ)人(ㄖㄣˊ)沿(ㄧㄢˊ)途(ㄊㄨˊ)穿(ㄔㄨㄢ)過(ㄍㄨㄛˋ)了(ㄌㄜ˙)樹(ㄕㄨˋ)林(ㄌㄧㄣˊ)，越(ㄩㄝˋ)過(ㄍㄨㄛˋ)小(ㄒㄧㄠˇ)橋(ㄑㄧㄠˊ)和(ㄏㄢˋ)大(ㄉㄚˋ)街(ㄐㄧㄝ)。

「阮老師的太太從產婆講習所畢業了，是有執照的合格產婆，可以找她幫忙！」幸子告訴承承。

「可是我沒有紅包……」
承承擔心得不知如何是好。

「阮ㄖㄨㄢˇ老ㄌㄠˇ師ㄕ！阮ㄖㄨㄢˇ老ㄌㄠˇ師ㄕ！」

承ㄔㄥˊ承ㄔㄥˊ和ㄏㄜˊ幸ㄒㄧㄥˋ子ㄗˇ拼ㄆㄧㄣ命ㄇㄧㄥˋ拍ㄆㄞ門ㄇㄣˊ。

一束光透出門扉，門後露出阮老師
和善的臉，「承承？」
「我阿母要生了！我沒有錢，只有
這個……」承承高舉心愛的娃娃。
幸子見狀，也跟著遞出她的娃娃。
「知道了，你們先回家。」阮老師說。

阿母愈來愈痛了，承承焦急得不斷朝門外張望。

黑暗中出現了一輛腳踏車，後座上放著生產包，騎車的是個產婆。產婆嘿——唷——嘿——唷——踩著踏板，腳踏車咿——呀——咿——呀——轉著車輪，一路搖搖晃晃，來到承承家門前。

她是阮老師的太太
—— 阿桂。

產婆阿桂來到床邊， 迅速打開生產包， 變魔術似的取出了碘酒、 紗布、 棉花、 消毒液等器具，

承承和幸子都看傻了。

產婆阿桂對承承說： 「你去外面等。」 她又對幸子說： 「妳在裡面幫忙， 去燒一盆熱水。」

「可是我會怕……」 幸子想起了自己的阿母。

「有我在， 不用怕。」 產婆阿桂語氣堅定。

時ㄕ間ㄐㄧㄢ過ㄍㄨㄛ了ㄌㄜ好ㄏㄠ久ㄐㄧㄡ好ㄏㄠ久ㄐㄧㄡ，寶ㄅㄠ寶ㄅㄠ還ㄏㄞ
沒ㄇㄟ生ㄕㄥ出ㄔㄨ來ㄌㄞ。承ㄔㄥ承ㄔㄥ的ㄉㄜ阿ㄚ母ㄇㄨ快ㄎㄨㄞ要ㄧㄠ痛ㄊㄨㄥ暈ㄩㄣ
過ㄍㄨㄛ去ㄑㄩ，聲ㄕㄥ音ㄧㄣ也ㄧㄝ愈ㄩ來ㄌㄞ愈ㄩ微ㄨㄟ弱ㄖㄨㄛ。

「糟糕，胎位不正。」
產婆阿桂說。

「我阿母說過，孩子生不出來，
要去找道士祈福！」幸子說。

「不對，那是沒有根據的偏方。」
產婆阿桂對承承的阿母說：「加
油，我會幫忙妳，妳也要用力！」

響<sub>ㄒㄧㄤ</sub>亮<sub>ㄌㄧㄤ</sub>的<sub>ㄉㄜ</sub>嬰<sub>ㄧㄥ</sub>兒<sub>ㄦ</sub>啼<sub>ㄊㄧ</sub>哭<sub>ㄎㄨ</sub>讓<sub>ㄖㄤ</sub>門<sub>ㄇㄣ</sub>外<sub>ㄨㄞ</sub>的<sub>ㄉㄜ</sub>承<sub>ㄔㄥ</sub>承<sub>ㄔㄥ</sub>嚇<sub>ㄒㄧㄚ</sub>了<sub>ㄌㄜ</sub>一<sub>ㄧ</sub>大<sub>ㄉㄚ</sub>跳<sub>ㄊㄧㄠ</sub>，一<sub>ㄧ</sub>旁<sub>ㄆㄤ</sub>的<sub>ㄉㄜ</sub>母<sub>ㄇㄨ</sub>雞<sub>ㄐㄧ</sub>們<sub>ㄇㄣ</sub>也<sub>ㄧㄝ</sub>被<sub>ㄅㄟ</sub>嚇<sub>ㄒㄧㄚ</sub>得<sub>ㄉㄜ</sub>咯<sub>ㄍㄜ</sub>咯<sub>ㄍㄜ</sub>亂<sub>ㄌㄨㄢ</sub>叫<sub>ㄐㄧㄠ</sub>。

幸子帶著笑容推開大門，對承承說：「寶寶是女生。」

「喔！淘氣的小妹妹！我會好好疼妳！」承承高興的衝進屋子。

「我也是。」幸子低聲說道。

產婆阿桂用熱水替寶寶洗好了澡，
接著消毒臍帶、裹好包巾。幸子幫
忙量體重，填寫了出生紀錄。

阿母累得抱不動寶寶， 產婆阿桂就
把寶寶放在床上。 這時， 寶寶把大
拇指塞進嘴裡， 津津有
味的吸吮起來。

承承覺得寶寶好可愛， 皮膚像
蛋殼一樣薄， 圓圓大頭上的毛
髮比小雞的羽毛還要柔軟。

「承承……」阿母從枕頭下掏出兩張壹圓紙鈔，塞進一個紅包袋裡，說：「拿給產婆……對不起，不夠的先欠著，下次再還。」

沒想到，產婆阿桂把接生費退給承承，只收下空紅包袋。

「感謝的心意我收下了，錢拿去買豬肝補補身體吧！明天我會再來幫嬰兒洗澡。」產婆阿桂說。

小妹妹一天天健康平安的長大。

承承、幸子和小妹妹常一起去山上抓蝴蝶、去溪裡摸蜆仔，還會摘野花去後山公墓的墳頭探望。

承承經常會想起產婆阿桂來他家的那一天，那天他不僅沒有變成孤兒，反倒多了兩個姊妹！

幸<sub>ㄒㄧㄥˋ</sub>子<sub>ㄗˇ</sub>也<sub>ㄧㄝˇ</sub>不<sub>ㄅㄨˋ</sub>再<sub>ㄗㄞˋ</sub>愛<sub>ㄞˋ</sub>哭<sub>ㄎㄨ</sub>了<sub>ㄌㄜ˙</sub>。

長大以後的幸子成為產婆，學習新式醫學知識，幫助了許多懷孕婦女，守護剛來到這世界的小寶寶。

至於阮老師和產婆阿桂……

時至今日，阮家子孫滿堂。每年過年，長輩們總會細說空紅包袋的故事，圍爐時也會發象徵祝福的紅包給小朋友，讓良善的精神被永遠記住。

福

助人為本

# 後記──
# 愛的精神世代流傳

新港文教基金會資深義工
王筱雲

　　阮位先生與鄭秀女士組成的阮氏家族根源於嘉義縣新港鄉，夫妻倆出生、成長於生活艱難的日治時期。當時，民智未開，醫療系統不普及，婦女生產通常會在家中自己分娩，或請接生婆來協助，生產過程可能因此枉送產婦或新生兒的寶貴生命。

　　鄭秀女士因自己生產過程不順遂，而立下宏願接受現代新式生產醫療技術訓練，並取得產婆執照，開始在新港執業，協助婦女分娩，並指導新手媽媽如何照顧新生兒。無論日曬雨淋，白天還是黑夜，帶著現代化生產包，一台腳踏車吱吱嘎嘎，走遍新港大街小巷。她接生的新生兒接近上萬人，沒有一個失手過。

　　難能可貴的是，遇到貧困人家，鄭秀女士通常只默默收下紅包袋，把錢留給產婦買補品，並依然協助產婦照顧新生兒，直到臍帶脫落。就這

樣，心中有愛的阿桂姑（鄭秀女士的小名），名號響遍新港，家中收藏的空紅包袋有一大疊。

這種慈愛的精神也流傳給他們的下一代，三女阮豐瑛女士與宋恭源先生結縭，婚後共創台灣第一家上市科技公司光寶集團，事業有成後，對社會、對故鄉、對弱勢族群，更發揮大愛精神，給予充分的關懷與支持，其他家族成員也都有相同的胸襟，令人感佩。

新港文教基金會感於這股善良與愛的力量，如同一股清流，因此出版此書。圖畫中出現的生產器具經過專業人士嚴格考證，因而如實呈現；文本所提及的阮老師和產婆阿桂真有其人，繪本因情節所需，故事略有改編，特此說明。

國家圖書館出版品預行編目 (CIP) 資料

裝滿愛的空紅包袋 / 海德薇文；咚東繪 . -- 嘉義縣新港鄉：
財團法人新港文教基金會 , 2024.02

面； 公分

部分內容國語注音

ISBN 978-626-95158-2-0( 精裝 )

863.599                                                  112021731

# 裝滿愛的空紅包袋

作　　者　海德薇

繪　　圖　咚東

編輯顧問　宋恭源、侯祥麟

執行編輯　徐家瑋、黃建棠、王筱雲、陳素雲、林致遠

文字校對　吳淑媛、杞佩珊、杞仁惠

發 行 人　陳政鴻

出版發行　財團法人新港文教基金會

　　　　　地址：616006 嘉義縣新港鄉新中路 305 號

　　　　　電話：+886-5-374-5074

　　　　　信箱：hkfce.hk@msa.hinet.net

印製代銷　秀威資訊科技股份有限公司

　　　　　地址：114665 台北市內湖區瑞光路 76 巷 69 號 2 樓

　　　　　電話：+886-2-2796-3638

　　　　　信箱：publish@showwe.com.tw

總 經 銷　聯合發行股份有限公司

　　　　　地址：231028 新北市新店區寶橋路 235 巷 6 弄 6 號 2 樓

　　　　　電話：+886-2-2917-8022

出版日期　2024 年 2 月

定　　價　320 元

Ｉ Ｓ Ｂ Ｎ　978-626-95158-2-0（精裝）

　　　　　978-626-95158-1-3（PDF 電子書）